Le petit mercure

Une collection de textes courts : contes, nouvelles, correspondances, préfaces, interviews, manifestes, essais, pamphlets, fragments, poèmes.

Première livraison :
neuf contes choisis par Muriel Bloch

Horace Walpole

Contes hiéroglyphiques

Traduction et postface de René de Ceccatty

Mercure de France

ISBN 2-7152-1952-0

PRÉFACE

Comme le présent inestimable que je fais au monde peut ne pas être du goût de tous, étant donné l'importance de l'enjeu, la solidité de l'argumentation et le profond enseignement que contiennent ces pages, je dois présenter quelques excuses si je propose une telle œuvre à une époque de dérision, où rien ne recueille les suffrages du public que des pamphlets politiques circonstanciels, des satires personnelles et des romans sentimentaux. La véritable raison pour laquelle je surmonte toutes ces objections n'est autre que la suivante : je craignais que ces écrits ne fussent perdus pour la postérité et, bien qu'ils puissent être condamnés par mes contemporains, je ne doute pas qu'ils seront traités avec la révérence qui leur est due, quand la sagesse et l'érudition exerceront enfin leur ascendant sur l'humanité et que les hommes ne liront plus que pour leur édification et le progrès de leur intelligence. Comme j'imprimerai cent mille exemplaires, certains, est-il permis de l'espérer, échapperont au massacre qui est fait des œuvres morales, et alors ce joyau étincellera de son propre lustre. J'étais dans la plus grande hâte de remettre cette œuvre à l'imprimeur, car je prévois que l'art d'imprimer sera bientôt perdu, comme d'autres utiles découvertes bien connues des anciens. Ainsi l'art de dissoudre les rochers avec du vinaigre chaud, d'apprendre aux éléphants à danser sur la corde raide, de faire du verre mou, d'écrire des poèmes épiques qui aient encore des lecteurs un mois après leur parution, sans parler de l'invention stupéfiante de nouvelles religions, secret dont Mahomet, l'illettré, fut le dernier détenteur.

Malgré ma passion pour les belles-lettres et l'ardeur de ma citoyenneté universelle (car je déclare destiner ce présent à toutes les nations), quelques difficultés se présentent dans l'exécution de mon projet, qui m'empêchent de décréter dès à présent achevé ce bienfait dont je gratifie l'univers. Je suis contraint de le publier par petites livraisons et j'implore les prières d'hommes sages et bons, pour que ma vie soit prolongée jusqu'à ce que je puisse faire paraître toute l'œuvre, personne n'étant capable d'accomplir cette tâche aussi bien que moi, pour des raisons que ma modestie ne me permettra pas de préciser. En attendant, comme c'est le devoir d'un éditeur d'informer les lecteurs de ce qui le concerne, lui aussi bien que son auteur du reste, je pense qu'il convient de mentionner les causes qui m'ont poussé à diviser ce livre en feuilletons. La raison commune d'un tel procédé est d'augmenter le prix du livre, pour la commodité des acheteurs, car on peut supposer que la plupart des gens préfèrent donner vingt shillings par pièce de six pence, plutôt que de payer dix shillings d'un seul coup. Quelque civique que soit ce procédé, je dois avouer que mes raisons sont simplement plus personnelles. Comme je suis de condition fort modeste, avec tout juste de quoi vivre comme la décence l'exige d'un gentilhomme de mon état et de mon instruction, je ne peux pas me permettre d'imprimer en une seule fois cent mille exemplaires de deux volumes *in folio*, car c'est ce que constituera la totalité des contes hiéroglyphiques quand l'œuvre sera achevée. Par ailleurs, comme je souffre d'asthme et que j'ai besoin d'une libre circulation d'air, je loge au dernier étage d'une maison dans une avenue non loin de St-Mary-Axe et comme une foule de pensionnaires de bonne compagnie demeure dans la même auberge, c'est grâce à une faveur exceptionnelle que j'ai pu obtenir une chambre pour moi tout seul, laquelle chambre n'est nullement assez spacieuse pour contenir tout le tirage, car j'ai l'intention de vendre les exemplaires moi-même et, suivant l'exemple d'illustres devanciers, je signerai la première page de ma propre main.

Tout désireux que je suis d'instruire le lecteur de bien d'autres circonstances qui ont trait à ma vie, certaines considérations privées me retiennent de satisfaire sa curiosité plus avant ; mais je prendrai soin de laisser une description si minutieuse de ma personne à quelque bibliothèque publique, que les commentateurs à venir et les éditeurs de cette œuvre ne seront pas privés des lumières nécessaires. Entre-temps, je prie le lecteur d'accepter à titre de temporaire compensation une note sur l'auteur dont je publie l'œuvre.

Les contes hiéroglyphiques furent indubitablement écrits peu avant la création du monde et ont été depuis lors conservés par tradition orale, dans les montagnes de Crampcraggiri, île déserte non encore découverte. De ces faits, nous avons pu avoir l'attestation la plus authentique de la part de plusieurs hommes d'Église qui se rappellent les avoir entendu rapporter par des vieillards bien avant qu'ils ne fussent, les dits hommes d'Église, nés. Nous n'ennuierons pas le lecteur avec ces attestations, car nous ne doutons pas qu'il les croira autant que s'il les avait lues. Il est plus difficile de savoir avec certitude quel fut l'auteur véritable de ces contes. Nous pourrions les attribuer, selon toute probabilité, à Kemanrlegorpikos, fils de Quat; mais outre que nous ne sommes pas sûrs qu'une telle personne ait jamais existé, il n'est pas évident qu'il ait écrit quoi que ce soit d'autre qu'un livre de cuisine et cela en vers héroïques. D'autres les font revenir à la nourrice de Quat et quelques-uns à Hermès Trismégiste, quoiqu'il y ait un passage dans le traité de ce dernier sur le clavecin, qui contredit la description du premier volcan dans le cent quatorzième des contes hiéroglyphiques. Comme l'œuvre de Trismégiste est perdue, il est impossible de décider maintenant si le désaccord mentionné est aussi radical que l'ont affirmé de nombreux savants qui supposent seulement l'opinion d'Hermès d'après d'autres passages de ses écrits et qui ne sont pas sûrs, en réalité, s'il parlait de volcans ou de gâteaux au fromage; car il dessinait si mal que ses hiéroglyphes peuvent souvent être pris pour des choses tout à fait contraires en nature; et comme il n'y a pas de sujet qu'il n'ait traité, on ne sait pas avec précision ce dont il discutait en chacun d'eux.

C'est ce que nous pouvons dire avec le plus de certitude sur l'auteur. Mais qu'il écrivît les contes il y a six mille ans, comme nous le croyons, ou qu'ils fussent écrits durant ces dix dernières années, ils sont incontestablement la plus ancienne œuvre du monde; et bien qu'il y ait peu d'imagination et encore moins d'invention en eux, tant de passages rappellent Homère que n'importe quel homme conclurait qu'ils furent imités du grand poète s'il n'était pas certain qu'Homère s'en fût inspiré, ce que je vais prouver de deux manières : d'abord, en donnant les passages parallèles en bas de page, et ensuite, en traduisant Homère lui-même en prose, ce qui le rendra si différent de lui-même que personne ne pensera qu'il pourrait s'agir d'un écrivain original : et quand il deviendra totalement privé de vie et insipide, il sera impossible de ne pas préférer ces contes à l'*Iliade;* surtout que je compte les mettre dans un style qui ne sera ni vers ni prose, un genre récemment usité abondamment dans les tragédies et les poèmes héroïques, les premières étant du reste des poèmes héroïques manquant d'originalité comme un poème épique antico-moderne est en fait une pure tragédie n'ayant pas ou guère de changement de décor, aucun autre bouleversement qu'une apparition de spectre et un orage, aucun autre événement que la mort des principaux acteurs.

Je ne retiendrai pas davantage le lecteur, impatient de se plonger dans cette œuvre sans prix; mais je dois implorer le public de s'empresser d'épuiser tout le tirage dès qu'il sera sorti des presses; car je dois l'informer que j'ai une œuvre bien plus précieuse en perspective; pour tout dire, une nouvelle histoire romaine, dans laquelle j'entends ridiculiser, surprendre et dénoncer toutes les vertus anciennes et le patriotisme antique et montrer, d'après des documents originaux que je vais rédiger, enterrer dans les ruines de Carthage et exhumer par la suite, qu'il apparaît, d'après les lettres de Hannon, l'ambassadeur punique à Rome, que Scipion était à la solde d'Annibal et que les lenteurs d'exécution de Fabius viennent de ce qu'il était pensionné par ce même général. Je confesse que cette découverte me brisera le cœur; mais comme la moralité est mieux inculquée si l'on montre le peu d'effet qu'elle a sur les meilleurs hommes, je sacrifierai les noms les plus vertueux pour l'instruction de notre lamentable génération et je ne doute pas que, dès que mes contemporains auront appris à détester les héros favoris de l'Antiquité, ils deviendront de bons sujets du roi le plus pieux qui ait jamais été depuis David qui expulsa la famille royale en place et chanta ensuite des psaumes à la mémoire de Jonathan au préjudice duquel il était monté sur le trône.

H. W.

CONTE PREMIER

Une nuit après la mille et unième

Au pied de la grande montagne de Hirgonquu se trouvait autrefois le royaume de Larbidel. Les géographes trouvèrent rarement comparaison plus juste quand ils prétendirent qu'il ressemblait à une balle dans laquelle on voudrait donner un coup de pied : c'est ce qui se produisit. Car la montagne lança d'un coup de pied le royaume dans l'océan et on n'en entendit plus parler.

Un jour, une jeune princesse était montée au sommet de la montagne pour ramasser des œufs de chèvre, car leur blanc était excellent pour ôter les taches de rousseur.

– Des œufs de chèvre !

– Hé oui. Les naturalistes soutiennent que tous les êtres vivants sont conçus dans un œuf. Les chèvres du Hirgonquu pourraient bien être ovipares et laisser leurs œufs couver au soleil. C'est ma supposition : peu importe que j'y croie moi-même ou non. J'écrirai envers et contre toutes objections. Il ferait beau voir que les hommes instruits fussent contraints de croire en leurs propres affirmations.

L'autre flanc de la montagne était peuplé par une nation sur laquelle les Larbidelliens n'étaient guère plus éclairés que les nobles français sur la Grande-Bretagne qu'ils prennent pour une île accessible d'une manière ou d'une autre par la terre. La princesse s'était aventurée jusqu'aux confins du Cucurucu, lorsqu'elle fut soudain appréhendée par les gardes du souverain de ce pays. Ils lui expliquèrent en peu de mots qu'elle devait être amenée à la capitale et qu'elle épouserait le géant qui était leur seigneur et empereur. Le géant, semble-t-il, désirait avoir chaque soir une nouvelle épouse capable de lui raconter une histoire qui durerait jusqu'au matin, avant d'avoir la tête coupée. Certaines personnes ont des manières si bizarres de passer leur nuit de noces ! La princesse demanda modestement pourquoi leur maître raffolait tant de longues histoires. Le capitaine des gardes répondit que sa majesté ne dormait pas bien.

– Ah bon ! fit-elle. Et s'il ne s'endort pas ? Mais non, je crois que je puis raconter d'aussi longues histoires que n'importe quelle princesse d'Asie. Je peux répéter Léonidas, par cœur. Et votre empereur est vraiment insomniaque s'il résiste à cela !

Ils étaient entre-temps arrivés au palais. Pour la plus grande surprise de la princesse, l'empereur, loin d'être un géant, n'avait que cinq pieds un pouce de haut, mais comme cela faisait toujours deux pouces de plus que ses prédécesseurs, la flatterie de ses courtisans lui avait valu le nom de géant. Et il feignait de regarder de haut quiconque le dépassait en stature. La princesse fut immédiatement déshabillée et mise au lit, sa majesté étant très impatiente d'entendre une nouvelle histoire.

– Lumière de mes yeux, dit l'empereur, quel est votre nom ?

– Je me nomme princesse Gronovia, répondit-elle. Mais ma désignation réelle est « celle de Gronow ».

– A quoi sert un nom, s'étonna sa majesté, sinon à désigner celui qui le porte ? Et pourquoi prétendez-vous être une princesse, si vous ne l'êtes pas ?

– J'ai l'âme romantique, répliqua-t-elle, et j'ai toujours nourri l'ambition de devenir une héroïne de roman. Il y a deux seules conditions à remplir pour avoir accès à ce rang : il faut être bergère ou princesse.

– Eh bien, il faudra vous faire une raison, dit le géant. Vous mourrez impératrice, sans avoir été ni l'une ni l'autre ! Mais pour quel sublime motif avez-vous rallongé votre nom de manière si incompréhensible ?

– C'est une coutume dans ma famille, expliqua-t-elle. Tous mes ancêtres étaient des savants qui écrivaient sur les Romains. Cela sonnait plus classique et donnait une haute opinion de leur littérature, que de mettre une terminaison latine à leur nom.

– Tout cela, c'est du japonais pour moi ! lança l'empereur. Mais vos ancêtres semblent avoir compté un tas de charlatans parmi eux ! Connaît-on personne de plus habile à corrompre son nom ?

– Oh, soupira la princesse, mais cela montrait aussi leur goût. Il était une époque où en Italie, les érudits menaient la chose plus loin. Un homme au grand front, né le 5 janvier, se fit appeler Quintus Januarius Fronto.

– De plus en plus absurde ! s'écria l'empereur. Vous paraissez posséder une grande quantité de connaissances impertinentes sur une grande quantité de personnes impertinentes. Mais continuez votre histoire : d'où venez-vous ?

– *Myn heer*, rétorqua-t-elle, je suis née en Hollande.

– Que me racontez-vous là ? Où est-ce donc ?

– C'était nulle part, répondit spirituellement la princesse, jusqu'à ce que mes compatriotes l'eussent gagné sur la mer.

– Saperlotte ! fit sa majesté. Et puis-je savoir qui étaient vos compatriotes avant que vous n'eussiez de pays ?

– Votre majesté pose là une question très pertinente, dit-elle, à laquelle je ne saurais répondre sur-le-champ. Mais je vais retourner à ma bibliothèque et consulter cinq ou six mille volumes d'histoire moderne, cent ou deux cents dictionnaires, et un abrégé de géographie en quarante volumes *in folio* et revenir dans un instant.

– Pas si vite, ma vie ! protesta l'empereur. Vous ne devez pas vous lever avant de vous être mise à l'ouvrage. Il est maintenant une heure du matin et vous n'avez pas commencé votre histoire.

– Mon arrière-grand-père, continua la princesse, était un commerçant hollandais qui passa de nombreuses années au Japon.

– Dans quel but ? s'enquit l'empereur.

– Il s'y rendit pour abjurer sa religion, de manière à avoir assez d'argent pour revenir la défendre contre Philippe II.

– Vous formez une plaisante famille, remarqua l'empereur. Mais quoique j'aime les fables, je déteste les généalogies. Je sais que dans toutes les familles, à les en croire, il n'y a jamais eu que de grands hommes généreux de père en fils; une sorte de fiction qui ne m'amuse pas. Sur mes terres, il n'y a pas de nobles, sinon flatteurs. Ceux qui me flattent le mieux sont faits grands seigneurs et les titres que je confère sont des synonymes de leurs mérites. Il y a Lèche-bottes-kan, mon favori, Adulation-kan, seigneur trésorier, Prérogative-kan, garde des sceaux, Blasphème-kan, grand prêtre. Quiconque dit la vérité corrompt sa lignée et est *ipso facto* dégradé. En Europe, vous permettez à un homme d'être noble parce que l'un de ses ancêtres était un flatteur. Mais tout dégénère, plus on s'éloigne de sa source. Je n'ai jamais entendu un seul mot de votre race avant votre père : qui était-il ?

– C'était en pleine querelle à propos de la Bulle Unigenitus.

– Je vous l'ai dit, coupa l'empereur, je ne me laisserai pas assommer davantage par tous ces gens à nom latin : c'était un tas de cuistres et ils semblent vous avoir contaminée avec leur folie.

– Je suis désolée, répliqua Gronovia, que votre altesse suprême soit si peu au fait de l'état de l'Europe qu'elle prenne une ordonnance pontificale pour une personne. Unigenitus est le mot latin pour « jésuites ».

– Et qui diable sont vos jésuites ? fit le géant. Vous expliquez un terme absurde par un autre et vous voulez toujours me donner des leçons !

– Sire, commença la princesse, si vous me permettez de vous résumer brièvement les troubles qui ont agité l'Europe durant les deux derniers siècles sur les doctrines de la grâce, du libre arbitre, de la prédestination, de la réprobation, de la justification, etc., vous serez plus diverti, et vous me croirez moins, que si je racontais à votre majesté un long conte de fées et de farfadets.

– Vous êtes une intarissable babillarde, et suffisante de surcroît ! Mais parlez tout votre soûl et sur le sujet que vous voudrez jusqu'à demain matin : je jure sur l'âme de saint Jirigi qui chevaucha jusqu'au paradis une queue de pie, dès que huit heures sonneront, vous serez une femme morte. Eh bien, qui était le jésuite Unigenitus ?

– La nouvelle doctrine qui est née en Allemagne, expliqua Gronovia, rendit nécessaire à l'Église de s'y intéresser de plus près. Les disciples de Loyola...

– De qui ? demanda l'empereur en bâillant.

– Ignace de Loyola, le fondateur des jésuites, répondit Gronovia, était...

– Un écrivain de l'histoire romaine, je suppose, interrompit l'empereur. Que diable les Romains étaient-ils pour vous pour que vous vous cassiez tant la tête à leur sujet ?

– L'Empire romain et l'Église romaine sont deux choses distinctes, précisa la princesse. Et pourtant, on peut bien dire que l'une dépend de l'autre, comme le Nouveau Testament de l'Ancien. L'une détruisit l'autre et pourtant prétend à un droit d'héritage. Les biens temporels de l'Église...

– Quelle heure est-il ? s'inquiéta l'empereur, en s'adressant au chef des eunuques. Il ne doit pas être bien loin de huit heures. Cette femme a caqueté au moins sept heures d'affilée. Tu m'entends ? Ma femme de demain soir sera muette. Coupe-lui la langue avant de la conduire dans notre lit.

– Madame, dit l'eunuque, son altesse suprême, dont l'érudition est plus profonde que le fond sablonneux des mers, connaît trop bien toutes les sciences humaines pour requérir de plus amples informations. C'est pourquoi sa sagesse exaltée préfère un rapport de ce qui ne se produisit jamais à la relation des choses historiques ou divines.

– Tu mens, protesta l'empereur. Quand j'exclus la vérité, je n'entends certes pas interdire la divinité. Combien de divinités avez-vous en Europe, femme ?

– Le concile de Trente a décidé…

L'empereur se mit à ronfler.

– Je veux dire, poursuivit Gronovia, que malgré toutes les assertions de père Paul le cardinal Palavicini affirme que durant les trois premières sessions de ce concile…

L'empereur n'avait pas tardé à s'endormir et, comme le chef des eunuques et la princesse s'en étaient rendu compte, ils entassèrent plusieurs coussins sur son visage et les tinrent jusqu'à ce qu'il expirât. Dès qu'ils furent certains qu'il était mort, la princesse, affectant toutes les marques du désespoir et de l'affliction, se présenta au divan, où elle fut immédiatement proclamée impératrice. L'empereur, déclara-t-on, était mort de coliques hémorroïdales; mais pour prouver son respect à l'égard de sa mémoire, sa majesté impériale annonça qu'elle adhérait strictement aux maximes selon lesquelles il avait gouverné. Conformément à elles, elle épousa chaque nuit un nouveau mari, mais elle les dispensa de lui raconter des histoires, et fut gracieusement ravie selon leur bonne conduite de remettre à plus tard leur exécution. Elle envoya des cadeaux à tous les savants d'Asie; et en retour, ils ne manquèrent pas de la présenter comme un parangon de clémence, de sagesse et de vertu : et bien que les panégyriques des savants soient en général aussi maladroits qu'exagérés, ils osèrent assurer que leurs écrits seraient aussi durables que l'airain et que la mémoire de son règne glorieux atteindrait la postérité la plus lointaine.

CONTE DEUXIÈME

Le roi et ses trois filles

Il était une fois un roi qui avait trois filles, c'est-à-dire qu'il en aurait eu trois s'il en avait eu une de plus. Mais, on ne sait trop comment, l'aînée n'était pas née. Elle était très belle, elle avait beaucoup d'esprit et elle parlait français à la perfection, comme l'affirment tous les auteurs de cette époque, quoique aucun d'entre eux ne prétende qu'elle ait jamais existé. Il est tout à fait certain que les deux autres princesses étaient loin d'être des beautés : la deuxième avait un fort accent du Yorkshire et la plus jeune avait de vilaines dents et une seule jambe, ce qui faisait qu'elle dansait plutôt mal.

Comme il était peu probable que sa majesté eût d'autres enfants, étant âgée de quatre-vingt-sept ans deux mois et treize jours quand sa reine mourut, les États du royaume étaient très anxieux de voir les princesses mariées. Mais il y avait un obstacle de taille à cet événement, quelque important qu'il fût pour la paix du royaume. Le roi insistait pour que sa fille aînée fût mariée la première ; et comme cette personne n'existait pas, il était très difficile de lui trouver un mari à sa mesure. Les courtisans approuvaient tous la résolution de sa majesté, mais, comme sous les meilleurs princes, il y a toujours un nombre de mécontents, la nation était déchirée en différentes factions, les ronchons ou patriotes répétant obstinément que la deuxième princesse était l'aînée et devait être déclarée héritière apparente de la couronne. De nombreux écrits furent écrits pour et contre ; mais le parti gouvernemental assura que le raisonnement du chancelier était sans réplique, qui affirmait que la deuxième princesse ne pouvait pas être l'aînée car aucune princesse royale n'avait jamais eu l'accent du Yorkshire. Quelques personnes, qui étaient attachées à la plus jeune princesse, tirèrent avantage de cet argument pour murmurer que les prétentions de son altesse royale à la couronne étaient les meilleures de toutes, car, comme il n'y avait pas de princesse aînée et que la deuxième devait être la première puisqu'il n'y avait pas de première, et comme elle ne pouvait pas être la deuxième puisqu'il n'y avait pas de première, et comme le chancelier avait prouvé qu'elle ne pouvait pas être la première, il s'ensuivait clairement, conformément à la lettre de la loi, qu'elle n'était plus personne ; et donc, la conclusion s'imposait bien sûr, que la plus jeune était l'aînée, puisqu'elle n'avait pas de sœur aînée.

On ne peut concevoir quelles animosités et quelles vilenies suscitèrent ces différents titres ; et chaque faction s'efforça de gagner des alliances à l'étranger. Le parti de la cour, n'ayant aucun réel objet de son fanatisme, était le plus fanatique de tous et il compensait par son emportement le manque de fondement de ses principes. Le clergé en général le suivait, car il constituait le premier parti. Les médecins embrassèrent le deuxième et les hommes de loi se déclarèrent partisans du troisième, ou faction de la plus jeune princesse, parce qu'il semblait le plus judicieux pour accueillir doutes et litiges à n'en plus finir.

Tandis que la nation se trouvait dans cette situation d'égarement, se présenta le prince de Quifferiquimini, qui aurait été le héros le plus accompli de son temps, s'il n'était mort et s'il parlait un tout autre langage que l'égyptien et s'il n'avait pas eu trois jambes. Malgré ces défauts, les yeux de toute la nation se tournèrent immédiatement vers lui et chaque parti souhaita le voir épouser la princesse qu'il soutenait.

Le roi le reçut avec les honneurs les plus distingués, le sénat lui adressa le discours le plus ampoulé, les princesses étaient si entichées de lui qu'elles devinrent entre elles plus ennemies que jamais ; et les dames de la cour et les petits-maîtres inventèrent mille nouvelles modes à son image. Tout devait être « à la Quifferiquimini ». Hommes et femmes à la mode renoncèrent au rouge pour paraître le plus cadavériques possible ; leurs vêtements étaient brodés de hiéroglyphes et de tous les caractères affreux qu'ils trouvèrent dans les antiquités égyptiennes, dont ils devaient se contenter, car ils ne pouvaient apprendre une langue perdue ; et toutes les tables, toutes les chaises, tous les tabourets, tous les secrétaires, tous les lits n'eurent que trois pieds : mais cette mode fut rapidement abandonnée car elle était très malcommode.

Le prince qui, depuis sa mort, n'avait qu'une très faible constitution, était un peu las de cet excès d'attentions et aspirait souvent à se retrouver seul dans son cercueil. Mais sa plus grande difficulté était de se débarrasser de la plus jeune princesse qui avait mis le grappin sur lui depuis son arrivée et qui était si pleine d'admiration pour ses trois jambes et si contrite de n'en avoir qu'une et si curieuse de savoir comment ses trois jambes étaient conformées, que comme il s'agissait de l'homme le mieux disposé du monde, par nature, il avait mal au cœur chaque fois que dans un accès d'exaspération un mot d'impatience lui échappait, qui ne manquait pas de faire naître chez elle un torrent de larmes ; et alors elle devenait si affreuse qu'il lui était impossible de conserver à son égard la moindre politesse. A vrai dire, ce fut l'aînée qui fit sa conquête : et sa passion s'accrut avec une telle violence un certain mardi matin que, négligeant toute considération de prudence (car il y avait de nombreuses raisons qui auraient dû déterminer son choix en faveur de l'une ou l'autre sœur), il se précipita chez le vieux roi, lui apprit son amour et demanda la princesse aînée en mariage. Rien ne pouvait égaler la joie du bon vieux monarque, qui ne souhaitait que de vivre pour voir la réalisation de cette union. Se jetant au cou du squelette du prince, mouillant ses joues creuses de chaudes larmes, il lui accorda sa requête et ajouta qu'il abdiquerait aussitôt en sa faveur et en faveur de sa fille préférée.

Le manque de place m'oblige à passer sur de nombreux détails qui ajouteraient grandement à la beauté de cette histoire, et je suis désolé de devoir décevoir l'impatience du lecteur en lui apprenant que, malgré la hâte du vieux roi et l'ardeur impétueuse du prince, les noces durent être différées : l'archevêque déclarant qu'il était essentiellement nécessaire d'avoir une dispense du pape, les parties étant apparentées en deçà des limites autorisées : une femme qui ne fut jamais et un homme qui avait été étant décrétés cousins au premier degré par le droit canon.

Une nouvelle difficulté surgit alors. La religion des Quifferiquiminiens était totalement opposée à celle des papistes. Les premiers ne croyaient en rien qu'en la grâce, et ils avaient un grand prêtre à eux, qui se prétendait le maître « du prix unique de la grâce » – et, par cette possession, pouvait faire que toute chose qui n'avait jamais eût été et pouvait empêcher toute chose qui avait été d'avoir été.

– Nous n'avons qu'une chose à faire : envoyer une ambassade solennelle au grand prêtre de la grâce, déclara le prince au roi, avec un présent de cent mille millions de lingots et il permettra à votre charmante non-fille d'avoir été et m'empêchera d'être mort et il n'y aura alors aucune raison de demander une dispense à votre vieux crétin de Rome.

– Comment ! Espèce de sac d'os séchés, païens et athées ! hurla le vieux roi. Tu oses profaner notre sainte religion ? Tu n'auras pas ma fille, squelette à trois pattes ! Va te faire enterrer et damner, comme tu le mérites, car puisque tu es mort, tu as passé le délai de repentir : je préférerais donner ma fille à un babouin qui a une patte de plus que toi, plutôt que de l'accorder à un cadavre aussi dépravé !

– Vous feriez mieux de donner votre infante unijambiste au babouin, dit le prince. Ils se conviendront beaucoup mieux. Et qui diable aurait voulu de votre non-fille sinon un corps mort ? Tout cadavre que je suis, il n'y a pas de meilleur parti que moi. Pour ma religion, j'ai vécu et je serai mort en elle, et il n'est pas en mon pouvoir d'en changer, quand bien même le voudrais-je. Quant à vous…

Un énorme hurlement interrompit cette conversation ; et le capitaine de la garde, se précipitant vers le boudoir royal, informa sa majesté que la deuxième princesse, pour se venger du dédain du prince, avait donné sa main à un marchand de couleurs, membre du conseil de commune ; et que la ville, considérant cette union, les avait proclamés roi et reine, permettant à sa majesté de garder son titre pour le restant de sa vie dont elle avait fixé le terme à six mois ; et ordonnant, étant donné sa naissance royale, que le prince soit immédiatement couché en bière solennellement et bénéficie de funérailles en grande pompe.

Cette résolution fut si soudaine et si universelle que tous les partis approuvèrent ou furent contraints d'en donner l'impression. Le vieux roi mourut le lendemain, comme le dirent les courtisans, de joie ; le prince de Quifferiquimini fut enterré en dépit de ses protestations, au nom du droit des peuples ; et la plus jeune princesse perdit la raison et fut internée dans un asile de fous, réclamant à corps et à cris, le jour comme la nuit, un mari avec trois jambes.

CONTE TROISIÈME

Le cornet à dés

Traduit de la traduction française
de la comtesse d'Aulnoy,
pour le divertissement de Mlle Caroline Campbell.

Il était une fois un marchand de Damas, nommé Aboulcasem, qui avait une seule fille appelée Pissimissi, ce qui signifie « les eaux du Jourdain ». Car une fée avait prédit, à sa naissance, que ce serait une des concubines de Salomon. Azaziel, l'ange de la mort, ayant emporté Aboulcasem dans les régions de la béatitude, il n'avait aucune fortune à léguer à son enfant bien-aimé qu'une coquille de pistache tirée par un éléphant et une coccinelle. Pissimissi, qui n'avait que neuf ans et qui avait été gardée dans un grand isolement, était impatiente de voir le monde et son père n'avait pas plus tôt rendu son dernier souffle qu'elle monta dans la voiture et, fouettant son éléphant et sa coccinelle, elle sortit de la cour le plus vite possible, sans savoir où elle allait. Ses coursiers ne s'arrêtèrent pas jusqu'à ce qu'ils fussent parvenus au pied d'une tour de cuivre qui n'avait ni porte ni fenêtre, et où vivait une vieille magicienne qui s'y était enfermée avec dix-sept mille maris. Il n'y avait qu'une seule ouverture, qui était une petite cheminée grillagée, à travers laquelle il était tout juste possible de glisser la main. Pissimissi qui était très pressée ordonna à ses coursiers de voler avec elle en haut de la cheminée, ce qu'ils firent aussitôt, car c'était les créatures les plus dociles du monde : mais malheureusement la patte avant de l'éléphant, pesant sur la grille de la cheminée, la cassa net, ce qui boucha entièrement le passage, de sorte que tous les maris de la magicienne furent étouffés par manque d'aération. Comme c'était une collection qu'elle avait faite avec un grand soin et qui lui avait coûté une fortune, il est facile d'imaginer sa vexation et sa rage. Elle souleva une véritable tempête, avec tonnerre et éclairs, qui dura huit cent quatre années ; et ayant rassemblé une armée de deux mille démons, elle leur ordonna d'écorcher vif l'éléphant et de l'accommoder pour son souper à la sauce à l'anchois. Rien n'aurait pu sauver la pauvre bête si, se débattant pour se libérer de la cheminée, il n'avait fort heureusement fait entrer le vent qui semble être une grande protection contre les démons. Ils s'éparpillèrent dans mille directions et dans leur hâte emportèrent la tour de bronze ; c'est ainsi que l'éléphant, la voiture, la coccinelle et Pissimissi furent délivrés ; dans leur chute, ils traversèrent le toit d'une boutique d'apothicaire et brisèrent toute sorte de bouteilles de médicaments. L'éléphant, qui avait la gorge sèche après tant d'efforts, et qui n'avait pas beaucoup de goût, aspira immédiatement les remèdes avec sa trompe, ce qui provoqua une telle variété d'effets dans ses intestins qu'il était encore heureux qu'il eût une constitution solide car il en serait mort autrement. Ses excrétions furent si abondantes que non seulement il submergea la tour de Babel près de laquelle se trouvait la boutique d'apothicaire, mais le courant coula sur des lieues et des lieues avant de parvenir à la mer où il empoisonna tant de baleines et de léviathans qu'il s'ensuivit une pestilence, pendant trois ans neuf mois seize jours. Comme l'éléphant était extrêmement affaibli par ce qui s'était produit, il lui fut impossible de tirer la voiture pendant dix-huit mois, ce qui fut un cruel délai pour l'impatience de Pissimissi qui durant tout ce temps ne pouvait pas voyager plus d'un mille par jour ; car, comme elle transportait l'animal dans ses bras, la pauvre coccinelle ne pouvait faire de plus longues étapes sans assistance. Du reste, Pissimissi achetait tout ce qu'elle trouvait et la voiture était archibourrée de toute sorte de choses. Elle avait acquis quatre-vingt-douze poupées, dix-sept maisons de bébé, six charretées de dragées, mille miches de pain d'épices, huit chiens savants, un ours et un singe, quatre boutiques de jouets avec tout leur contenu et sept douzaines de bavettes et de tabliers à la nouvelle mode. Ils avaient escaladé, avec ce chargement, le mont du Caucase, quand un immense oiseau-mouche, qui avait été frappé par la beauté des ailes de la coccinelle, qui, j'ai oublié de le signaler, étaient de rubis tachetés de perles noires, fondant tout de suite sur sa proie, avala la coccinelle, Pissimissi, l'éléphant et toutes les marchandises. Il se trouvait que l'oiseau-mouche appartenait à Salomon qui le laissait sortir de sa cage tous les matins, après le petit déjeuner, et il revenait régulièrement avant la fin du conseil. Rien ne pouvait égaler la surprise de sa majesté et des courtisans, quand la chère petite créature apparut, avec la trompe de l'éléphant qui pendait de son divin petit bec. Mais une fois le premier étonnement passé, sa majesté qui à coup sûr était la sagesse même, et qui comprenait la philosophie naturelle, dont c'était merveille de l'entendre discourir, et qui faisait en effet une collection d'animaux et d'oiseaux séchés en douze mille volumes du meilleur velin, comprit immédiatement ce qui s'était produit et, sortant de la poche de son pantalon une boîte à cure-dents en diamant de sa confection, il le piqua, avec le cure-dents fait de la seule corne de licorne qu'il eût jamais vue, et commença à l'extraire : mais toute sa philosophie fut confondue quand, écrasée entre les pattes de l'éléphant, il aperçut la tête d'une jolie fille et entre ses jambes une maison de bébé, qui avait trente pieds de largeur, des fenêtres de laquelle jaillissait un torrent de dragées qui y avaient été mises pour faire de la place. Puis suivit l'ours qui avait été compressé par les ballots de pain d'épices et en était tout couvert; il n'avait pas l'air à son affaire; et le singe avec une poupée dans chaque patte et ses bajoues pleines de dragées, qui pendaient de part et d'autre et traînaient jusqu'au sol comme la plantureuse poitrine de la duchesse de... Mais Salomon n'accorda que peu d'attention à cette procession, car il était frappé par les charmes de la ravissante Pissimissi. Il entonna le cantique des cantiques *ex tempore* et ce qu'il avait vu, je veux parler de ce qui sortait du gosier de l'oiseau-mouche, avait produit un tel chaos dans son esprit qu'il ne restait plus rien d'assez dissemblable à quoi il ne comparât les beautés de Pissimissi. Tandis qu'il chantonnait ou plutôt détonnait ses louanges, car Dieu sait de quelle voix lamentable il avait hérité, cela ne réconfortait guère Pissimissi. L'éléphant avait déchiré son plus beau bavoir et son plus beau tablier, et elle pleurait et rugissait et faisait un tel vacarme que, bien que Salomon la prît dans les bras et lui montrât toutes les belles choses du temple, il n'y avait pas moyen de l'apaiser. La reine de Saba qui jouait au jacquet avec le grand prêtre, et qui venait tous les ans en octobre converser avec Salomon, quoiqu'elle ne comprît pas un traître mot d'hébreu, entendant tout ce remue-ménage, sortit en trombe de sa chambre : et voyant le roi avec un enfant qui braillait dans ses bras, elle lui demanda malicieusement si cela relevait de sa fameuse sagesse de s'exhiber avec ses bâtards devant toute la cour. Salomon, au lieu de répondre, se mit à chanter ; ce qui agaça tant la princesse sabienne que, comme elle avait dans les mains un cornet à dés, elle le lança sans cérémonie à la tête du roi. La magicienne que j'ai mentionnée plus haut et qui, quoique invisible, avait suivi Pissimissi et l'avait entraînée dans cette kyrielle de malheurs détourna le cornet à dés et le dirigea vers le nez de Pissimissi, lequel était assez plat, comme celui de Mme de…, si bien que l'objet s'y colla et comme il était d'ivoire, Salomon compara toujours par la suite le nez de sa bien-aimée à la tour qui mène à Damas. La reine, bien que honteuse de sa conduite, n'était pas en son for intérieur désolée de l'incident, mais quand elle s'aperçut qu'il ne faisait qu'accroître la passion du monarque, son mépris redoubla ; et l'appelant « espèce de vieil imbécile » en elle-même, elle commanda sa chaise à porteurs et s'éloigna dans un accès de fureur, sans laisser le moindre penny de pourboire aux serviteurs ; et personne ne sut ce qu'il advint de son royaume.

CONTE QUATRIÈME

La pêche au cognac. Conte milésien

Fitz Scanlan Mac Giolla l'ha druig, roi de Kilkenny[1], mille cinquante-septième descendant en ligne directe de Milesius, roi d'Espagne, n'avait qu'une fille, nommée Grand A, par corruption de Grata ; comme elle était arrivée à l'âge de raison et qu'elle avait été parfaitement initiée par ses parents royaux dans l'art de gouverner, le monarque, qui l'aimait à la folie, décida d'abdiquer en sa faveur : ayant convoqué le sénat, il annonça sa résolution et, ayant remis son sceptre à la princesse, il la pria de monter sur le trône ; et pour montrer l'exemple, il fut le premier à lui baiser la main et à lui vouer une obéissance éternelle. Les sénateurs furent prêts à accabler la nou-

1. Voir le *Livre des Pairs d'Irlande* de Lodge à l'article Fitzpatrick.

velle reine sous les panégyriques et les éloges ; le peuple, quoiqu'il adorât le vieux roi, fut transporté de joie d'avoir une nouvelle souveraine ; et l'université, conformément à une coutume immémoriale, présenta à sa majesté, trois mois après que tout le monde avait oublié l'événement, des témoignages d'un chagrin excessif et d'une joie démesurée, ressentis à la perte d'un monarque et à l'acquisition d'un autre.

Sa majesté était maintenant dans sa cinquième année et c'était un prodige de bon sens et de bonté. Dans son premier discours au sénat, qu'elle zozota avec une grâce inimitable, elle les assura que son cœur était entièrement irlandais[1] et qu'elle n'avait nullement l'intention de se laisser mener par le bout du nez ; elle le prouva immédiatement en nommant sa nourrice Premier ministre. Le sénat applaudit ce choix judicieux avec plus d'enthousiasme que le dernier et vota un don à la reine d'un million de dragées et à la favorite de vingt mille bouteilles d'usquebaugh. Sa majesté, sautant alors à bas de son trône, déclara que c'était son plaisir royal de jouer à

1. La reine Anne, dans son premier discours au Parlement, déclara que son cœur était entièrement anglais.

colin-maillard, mais il s'ensuivit un tel tohu-bohu parmi les sénateurs qui se poussaient, se pressaient, se pinçaient et se bousculaient pour être le premier à porter le bandeau sur les yeux, que dans la cohue sa majesté fut renversée et eut au front une bosse aussi grosse qu'un œuf de pigeon, qui la fit hurler si fort qu'on l'aurait entendue de Tipperary. Le vieux roi piqua un fard et saisissant une massue écrasa la cervelle du chancelier qui au demeurant n'en avait pas et la reine-mère, qui siégeait dans une tribune pour assister à la cérémonie, eut une crise et accoucha avant terme de deux jumeaux qui périrent des suites de la terreur de sa majesté ; mais le comte de Bullaboo, grand majordome de la Couronne, qui se trouvait aux côtés de la reine, saisissant un des bébés morts et s'apercevant que c'était un garçon, se précipita vers le roi et le félicita d'avoir eu un fils et héritier. Le roi qui avait retrouvé son sang-froid le traita de crétin et de gaffeur ; là-dessus, M. Phelim O'Torture, courtisan plein de zèle, fit preuve d'une grande présence d'esprit en accusant le comte de Bullaboo de haute trahison, pour avoir affirmé que son ex-majesté avait eu un autre héritier que leur présente très loyale et très pieuse souveraine, la reine Grata. Une accusation fut votée par une large majorité, quoique non sans une chaude opposition, en particulier de la part d'un célèbre orateur kilkennien, dont le nom n'est malheureusement pas parvenu jusqu'à nous, car il fut effacé des journaux par la suite, comme l'auteur irlandais que je recopie le dit, quand il devint premier seigneur du Trésor, durant le règne du successeur de la reine Grata. L'argument de ce M. Killmorackill, dit mon auteur, dont le nom est perdu, était que sa majesté la reine-mère ayant conçu un fils avant l'abdication du roi, ce fils était indubitablement l'héritier de la couronne, et par conséquent l'abdication annulée, étant donné que le fait que l'enfant fût mort ou vivant ne changeait pas un iota à l'affaire : il était vivant, souligna-t-il, quand il fut conçu.

Il fut alors rappelé à l'ordre par le Dr O'Flaherty, l'homme-sage-femme de la reine-mère et membre de la commune de Corbelly, qui entama une savante dissertation sur les embryons ; mais il fut interrompu par les cris retentissants de la jeune reine qui réclamait son souper, raison pour laquelle la question précédente fut votée sans objection et, comme on allait reprendre le débat, on y coupa court à cause de l'impatience de la majorité d'aller boire et manger à la santé de sa majesté. Cette violence apparente donna lieu à une très longue protestation, formulée par Sir Archee Mac Sarcasm, dans laquelle il s'arrangea pour revendiquer le fœtus défunt avec un tel art que cela produisit une guerre civile et suscita ces ravages et ces massacres sanglants qui désolèrent l'ancien royaume de Kilkenny et qui se terminèrent par un incident inespéré bien connu, dit mon auteur, de chacun, mais qu'il pense de son devoir de rapporter pour ceux qui n'en auraient jamais entendu parler. Voici ce qu'il raconte :

« Il se trouvait que l'archevêque de Tuum (anciennement appelé Meum par le clergé catholique romain), grand esprit de son temps, était dans le boudoir de la reine-mère, qui tenait la jeune reine sur ses genoux[1]. Son éminence fut

1. Certains commentateurs ont fait preuve d'ignorance en supposant que l'auteur irlandais était coupable d'un grave anachronisme dans ce passage ; car, bien qu'il eût dit que la succession contestée avait occasionné de longues guerres, il parle pourtant de la reine Grata, à leur terme, comme étant encore assise sur les genoux de sa mère et donc comme un enfant. Mais je peux dénoncer leurs contradictions : « Comme un enfant », cela n'implique pas qu'elle fût réellement un enfant. Elle était simplement assise « comme un enfant » ; elle pouvait très bien avoir trente ans. Les juristes de droit civil ont décrété à quelle période de sa vie un roi peut être en âge de le devenir avant de l'être vrai-

soudain la proie d'une violente crise de coliques, qui lui fit faire des grimaces si épouvantables que la reine-mère le crut sur le point de rendre l'âme et bondit hors de la pièce en quête d'un médecin, car c'était un parangon de bonté et elle était absolument dépourvue d'orgueil. Tandis qu'elle entrait dans l'antichambre des serviteurs pour appeler quelqu'un, selon la simplicité de cette époque, les douleurs de l'archevêque augmentèrent quand, apercevant quelque chose sur la cheminée, qu'il prit pour une pêche au cognac, il l'avala cul-sec, sans avoir le temps de murmurer : "Seigneur, pardonnez-lui ses péchés !" et il sembla s'en trouver fort bien. Il ne s'était pas encore essuyé les lèvres avant le retour de la reine-mère, lorsque la reine Grata s'écria : "Maman ! Maman ! Le monsieur a mangé mon petit frère !" Cet heureux événement mit un terme à la querelle, la lignée mâle disparaissait dans la personne du prince dévoré. L'archevêque qui, du reste, devint pape sous le nom d'Innocent III, ayant par la suite un fils de sa sœur, nomma l'enfant Fitzpa-

ment : mais ni Grotius ni Puffendorff, ni personne de leur espèce, n'a déterminé combien de temps un roi ou une reine peut rester enfant après être sorti de l'enfance.

trick, car il coulait un peu de sang royal dans ses veines ; c'est de lui que descendent les branches cadettes des Fitzpatrick de notre temps. » Maintenant, le reste des faits et gestes de Grata n'est-il pas rapporté dans le livre des chroniques des rois de Kilkenny.

CONTE CINQUIÈME

Mi-Li.
Conte de fée chinois

Mi-Li, prince de Chine, fut élevé par sa marraine, la fée Hih, qui était fameuse pour savoir lire l'avenir dans une tasse de thé. D'après cet oracle infaillible, elle assura qu'il serait le plus malheureux des hommes en vie, à moins d'épouser une princesse dont le nom était le même que celui des colonies de son père. Comme, selon toute probabilité, il ne pouvait y avoir plus d'une personne au monde à laquelle une telle chose fût arrivée, le prince pensa qu'il n'y aurait rien d'aussi facile que d'apprendre qui était sa future épouse. Il avait été trop bien éduqué pour poser la question à sa marraine, car il savait que quand elle énonçait un oracle, ce n'était que dans l'intention d'intriguer et non d'informer, ce qui rendit les gens si désireux de consulter tous ceux qui ne donnent pas de réponse explicite, comme les prophètes, les hommes de loi et quiconque vous rencontrez en chemin et qui, si vous demandez votre route, vous réplique en désirant savoir d'où vous venez. Mi-Li n'était pas plus tôt retourné dans son palais qu'il fit chercher un gouverneur, qui était sourd et muet, qualités pour lesquelles la fée l'avait choisi, car ainsi il ne pouvait inculquer aucun mauvais principe à son élève ; mais en compensation, il pouvait parler du bout des doigts comme un ange. Mi-Li lui demanda directement qui était la princesse dont le nom était le même que celui du royaume de son père. Il y avait là une légère exagération de la part du prince, mais personne ne répète jamais une chose telle qu'il l'a entendue : du reste, c'était excusable chez un héritier d'une importante monarchie, à qui entre autres choses on n'avait pas appris à dire la vérité et qui n'avait jamais entendu parler de rien de tel. Toutefois, ce ne fut pas la confusion de « royaume » et de « colonies » qui déconcerta le gouverneur. Cela ne l'avait jamais beaucoup aidé à mieux comprendre quelque chose que de bien l'énoncer. Mais comme il possédait une grande présence d'esprit, qui consistait à ne jamais donner de réponse directe et à faire semblant de le pouvoir, il répondit que c'était une question trop importante pour obtenir une réponse immédiate.

– Comment le savez-vous ? demanda le prince.

Cette ardente impétuosité enseigna au gouverneur qu'il y avait plus de choses en question qu'il ne s'en était douté. Et quoiqu'il ne pût être solennel sur rien, il l'était dix fois plus quand il y avait quelque chose qu'il ne comprenait pas. Pourtant, ce quelque chose d'inconnu occasionnant un conflit entre son astuce et son ignorance, et cette dernière étant la plus grande, il en était toujours trahi, car rien ne paraît plus niais qu'un sot feignant la sagesse. Le prince répéta sa question. Le gouverneur demanda pourquoi il la posait. Le prince n'eut pas la patience d'énoncer une fois encore la question du bout des doigts, mais il la brailla aussi fort que possible, en vain. Les courtisans se précipitèrent et saisissant les paroles du prince, et les répétant de manière imparfaite, le bruit se répandit dans Pékin, puis dans les provinces, et de là en Tartarie, et de là en Moscovie, et ainsi de suite, que le prince voulait savoir qui était la princesse dont le nom était le même que celui de son père. Comme les Chinois n'ont pas la chance (à ce que je sais) de posséder des noms de famille comme nous, et comme ce qui serait leur prénom de baptême, s'ils avaient le bonheur d'être baptisés, est très différent s'il s'agit d'un homme ou d'une femme, les Chinois qui pensent que ce doit être une règle universelle, parce que c'en est une chez eux, décidèrent qu'il n'existait pas sur la surface de la terre une femme dont le nom est le même que celui de son père. Ils répétèrent cela si souvent et avec une telle déférence et une telle obstination que le prince oubliant totalement l'oracle original crut qu'il voulait savoir quelle était la femme qui avait le même nom que son père. Mais se rappelant qu'il y avait quelque chose en cause qu'il avait pris pour royal, il disait toujours « le roi, son père ». Le Premier ministre consulta le livre rouge ou calendrier de cour qui était son oracle personnel, et ne trouva aucune princesse semblable. Tous les ministres des cours étrangères furent instruits afin de se renseigner sur l'existence d'une telle dame ; mais comme cela prit un temps considérable de rédiger ces instructions en code, l'impatience du prince ne pouvait attendre le départ des courriers, mais il décida de partir lui-même en quête de la princesse. Le vieux roi qui, comme d'habitude, s'était déchargé de toutes ses obligations sur son fils quand il eut atteint quatorze ans, fut charmé de la décision du prince, de visiter le monde, ce qu'il pensait devoir être fait en quelques jours, facilité qui fait que tant de monarques ne bougent pas de leur royaume jusqu'à ce qu'il soit trop tard ; et sa majesté déclara qu'il approuverait le choix de son fils quelle que fût la dame, pourvu qu'elle répondît à la désignation divine d'avoir le même nom que son père.

Le prince s'en fut vers Canton, avec l'intention d'y embarquer à bord d'un navire de guerre anglais. Avec quels transports infinis il apprit, la veille de son embarquement, qu'un matelot connaissait une dame qui répondait à la définition donnée ! Le prince s'ébouillanta avec le thé qu'il buvait, cassa la vieille tasse de porcelaine que sa mère lui avait donnée quand il était parti de Pékin et qu'elle tenait de son arrière-arrière-arrière-arrière-grand-mère, la reine Fi, qui la tenait de Confucius lui-même et se précipita vers le vaisseau et fit demander l'homme qui connaissait sa fiancée. C'était l'honnête Tom O'Bull, matelot irlandais, qui, grâce à son interprète, M. James Hall, subrécargue, informa son altesse que M. Bob Olivier de Sligo avait une fille baptisée de ses deux noms, à lui, la ravissante Mlle Bob Olivier. Le prince, en vertu de la toute-puissance de son autorité, nomma Tom mandarin de première classe et accéda au désir de Tom, en lui promettant de parler à son frère le roi de Grande-Irlande, France et Bretagne, de devenir pair de son pays, Tom disant qu'il aurait honte d'y apparaître sans être seigneur comme toutes ses connaissances.

La passion du prince, qui était grandement enflammée par la description de Tom de l'étendue des charmes de Bob, ne lui laissa pas le temps de prendre des dispositions pour emmener un nombre convenable de dames de compagnie pour sa fiancée, aussi prit-il une douzaine de femmes des premiers marchands de Canton et deux douzaines de vierges comme filles d'honneur, qui d'ailleurs furent disqualifiées pour leur fonction avant que son altesse n'eût atteint Sainte-Hélène. Tom épousa lui-même une d'entre elles, mais il était dans une telle faveur auprès du prince qu'elle resta fille d'honneur et avec le consentement de Tom épousa par la suite un duc anglais.

Rien ne saurait dépeindre les tourments de notre royal amant, quand débarquant à Dublin il fut informé que la princesse Bob avait quitté l'Irlande et avait épousé on ne savait trop qui. Tom eut bien de la chance de se trouver sur le territoire irlandais, car il aurait été haché en morceaux aussi petits que des grains de riz : on encourt en effet la peine de mort en Chine à éconduire un héritier de la Couronne par ignorance. Le faire sciemment ne constitue pas un crime, pas plus que dans les autres pays.

Comme un prince de Chine ne peut pas épouser une femme qui a déjà été mariée auparavant, il fut nécessaire à Mi-Li de chercher dans le monde une autre dame qui possédât la même qualité que Mlle Bob qu'il oublia dès qu'on lui dit qu'il devait chercher quelqu'un d'autre, quoiqu'il ne sût pas qui. Dans cette perplexité, il rêva : « qu'il trouverait sa future épouse dont le père avait perdu les colonies qui n'avaient jamais été ses colonies, dans un endroit où il y avait un pont sur aucune eau, une tombe où personne n'avait été enterré ni ne serait enterré, des ruines qui étaient plus qu'elles n'avaient été jusque-là, un passage souterrain dans lequel il y avait des chiens aux yeux de rubis et d'émeraudes, et une ménagerie de faisans chinois plus belle que toutes celles des immenses jardins de son père. » Cet oracle parut si impossible à accomplir qu'il le crut plus qu'il n'avait cru le premier; ce qui montrait sa grande piété. Il décida de commencer sa deuxième recherche et comme le seigneur lieutenant lui dit qu'il y avait en Angleterre un M. Banks qui était parti de par le monde en quête d'il ne savait trop quoi, son altesse pensa qu'il ne saurait trouver de meilleur guide et fit voile vers l'Angleterre. Là, il apprit que le sage Banks était à Oxford, traquant à la Bibliothèque Bodleian le manuscrit d'un voyage d'un homme qui avait été dans la lune, ce que M. Banks pensait devoir être dans l'océan occidental, où la lune se couche et de laquelle planète, s'il pouvait la redécouvrir encore, il s'emparerait au nom de sa majesté, à condition qu'elle ne fût jamais taxée, autant de perdu pour ce pays, comme le reste des colonies de sa majesté dans cette partie du monde.

Mi-Li loua une chaise de poste pour Oxford; comme elle était assez pourrie, elle cassa sur la nouvelle route de Henley. Un mendiant lui conseilla de se rendre chez le général Conway[1], qui était l'être humain le plus courtois et lui prêterait probablement sa chaise. Le prince voyagea incognito. Il suivit le conseil du mendiant, mais montant vers la maison, il apprit que la famille se promenait sur ses terres et il devait être conduit à

1. Il y a réellement une telle personne.

eux. Il fut emmené à travers un vénérable bois de hêtres, dans une ménagerie qui offrait une perspective beaucoup plus glorieuse que celles des colonies de son père et qui était pleine de faisans chinois. Le prince s'écria avec ravissement :

– Oh, puissante Hih ! Mon rêve commence à se réaliser.

Le jardinier qui n'entendait pas le chinois, mais qui connaissait le nom de quelques plantes, fut frappé par la similitude des sons, mais par discrétion ne prononça pas un mot. Ne trouvant pas ici sa dame[1] comme il s'y attendait, il s'en retourna et, s'enfonçant soudain dans les ténèbres les plus épaisses du bois, il descendit dans une caverne complètement obscure, suivi intrépidement par le courageux prince. Après avoir cheminé longtemps sous cette voûte souterraine, ils aperçurent finalement une lumière, quand soudain ils furent poursuivis par plusieurs petits épagneuls, et, se retournant pour les regarder, le prince aperçut leurs yeux qui brillaient comme des émeraudes et des rubis[2]. Au lieu d'être stupéfait, comme Fo-

1. Lady Ailesbury.

2. A Park-Place, il y a un tel passage, à travers une colline de craie : quand les chiens sont au milieu, la lumière de leur gueule leur donne cette apparence.

Mi, le fondateur de sa race, l'aurait été, le prince renouvela ses exclamations et cria :

– J'avance ! J'avance ! Je trouverai mon épouse ! Grande Hih ! Ton art est infaillible !

Émergeant dans la lumière, le jardinier impassible conduisit son altesse à un monticule de ruines artificielles sous lesquelles ils trouvèrent une galerie spacieuse en arcade, où l'on demanda à son altesse si elle désirait se reposer ; mais au lieu de répondre, le prince se lança dans des cabrioles comme un insensé, en hurlant :

– J'avance ! J'avance ! Grande Hih ! J'avance !

Le jardinier était médusé et se demandait s'il n'amenait pas un fou à son maître et à sa dame, et il hésita, ne sachant s'il devait poursuivre ; mais comme il ne comprenait rien de ce que disait le prince et déduisant qu'il devait être étranger, il conclut enfin que c'était un Français, à sa manière de sautiller. Comme l'étranger était donc si leste et ne paraissait pas le moins du monde fatigué par sa marche, le sage jardinier continua à descendre dans une vallée, entre deux montagnes recouvertes de cèdres, de sapins et de pins jusqu'à leurs sommets, qui, prit-il soin d'en informer le prince, avaient été plantés par son excellence le général, mais quoique le prince eût appris plus d'anglais en trois jours de séjour en Irlande que tous les Français du monde n'en ont jamais appris en trois ans, il ne remarqua pas ce renseignement, au grand dam du jardinier, mais continuant, il augmenta ses gambades et ses exclamations quand il s'aperçut que la vallée se terminait par un pont stupéfiant qui semblait composé de rochers que les géants ont lancés à la tête de Jupiter et n'avait pas une goutte d'eau dessous[1].

– Où est ma fiancée, ma fiancée ? cria Mi-Li. Je dois être tout près d'elle !

Les hurlements et les cris du prince tirèrent une vieille femme de son *cottage* qui donnait sur un précipice près du pont et surplombait le fleuve.

– Ma dame est en bas, à Ford House, cria la bonne femme, qui était un peu sourde et pensait qu'il le lui avait demandé.

Le jardinier savait qu'il était vain de lui expliquer la détresse du prince et pensa que, si le pauvre gentilhomme était vraiment fou, son maître le général serait la personne la plus apte à

1. Le pont rustique de Park-Place a été construit par le général Conway pour la route de Henley et pour permettre de libérer la communication sur ses terres de part et d'autre.

savoir comment le traiter. Tournant donc à gauche, il conduisit le prince le long des rives du fleuve qui scintillait à travers les saules dont les branches s'entrouvraient, tandis que par ailleurs des buissons sauvages grimpaient sur la falaise de craie et contrastaient avec les prairies verdoyantes et les champs de maïs de l'autre côté du cours d'eau. Le prince insensible à un décor aussi enchanteur galopa sauvagement, forçant le malheureux jardinier à trotter rondement jusqu'à ce qu'ils fussent arrêtés par une tombe solitaire[1] entourée de cyprès, d'ifs, de saules, qui semblait le monument de quelque jeune aventurier qui aurait péri en affrontant le courant, monument qui aurait très bien convenu au galant et audacieux Léandre. C'est alors que Mi-Li eut pour la première fois la présence d'esprit de rassembler ses maigres connaissances d'anglais et demanda fébrilement au jardinier à qui appartenait la tombe devant eux.

– A personne.

Sans lui laisser le temps de poursuivre, le prince demanda :

1. Une fausse tombe avec une petite pyramide.

– Et ne sera-t-elle jamais à personne ?

« Oh, pensa le jardinier, il n'y a plus à douter de sa folie. »

Et voyant son maître et sa famille qui s'approchaient d'eux, il s'efforça de prendre les devants. Mais le prince, beaucoup plus jeune, et porté sur les ailes de l'amour, partit à toute allure, dès qu'il aperçut le groupe et surtout une jeune demoiselle. Se précipitant vers Lady Ailesbury et saisissant la main de Mlle Campbell, il s'écria :

– Qui elle ? Qui elle ?

Lady Ailesbury hurla, la jeune fille brailla, le général glacé mais choqué s'interposa et, si un prince pouvait être pris au collet, il l'aurait pris au collet.

Mi-Li tint bon d'un bras, mais indiquant de l'autre son trésor et implorant une réponse avec des regards de plus en plus insistants et impatients, il continua à demander :

– Qui elle ? Qui elle ?

Le général, s'apercevant de son accent et à ses manières que c'était un étranger et plutôt tenté de rire que de se mettre en colère, rétorqua avec un mépris courtois :

– Mais enfin, c'est Mlle Caroline Campbell,

fille de Lord William Campbell, feu le gouverneur de sa majesté dans l'État de Caroline.

– Oh, Hih ! Je me rappelle maintenant tes paroles ! s'écria Mi-Li.

Et elle devint ainsi princesse de Chine.

CONTE SIXIÈME

Une véritable histoire d'amour

Au plus fort des animosités diverses entre les factions des Guelfes et des Gibelins, une partie des Vénitiens avait fait une incursion jusqu'au territoire des Visconti, souverains de Milan, et avait enlevé le jeune Orondates, alors en nourrice. Sa famille subissait alors une éclipse, bien qu'elle pût se vanter de descendre de Canis Scaliger, seigneur de Vérone. Les ravisseurs vendirent le bel Orondates à une riche veuve de la noble famille des Grimaldi qui n'ayant pas d'enfant l'éleva avec autant de tendresse que s'il avait été son fils. Son affection augmenta tandis que s'accroissaient ses charmes et sa taille et la violence de la passion d'Orondates fut accrue par l'indulgence de la signora Grimaldi. Est-il nécessaire de préciser que l'amour domina l'âme d'Orondates ? Ou que dans une cité comme Venise une figure telle que celle d'Orondates rencontrait une faible résistance ?

La reine des courtisanes, non contente des nombreuses offrandes d'Orondates sur ses autels, ne fut pas satisfaite tant qu'il préserva son cœur de tout engagement. De l'autre côté du canal, face au palais Grimaldi, se trouvait un couvent de Carmélites, dont l'abbesse avait une jeune esclave africaine de la plus exquise beauté, nommée Azora, d'un an plus jeune qu'Orondates ; le jais et la laque étaient ternes et sans lustre en comparaison des charmes d'Azora. L'Afrique ne produisit jamais de femme aussi parfaite qu'Azora ; de même que l'Europe ne pouvait se vanter que d'un seul Orondates.

La signora Grimaldi, bien que peu bigote, était assez régulière dans ses dévotions, mais comme le lansquenet était plus de son goût que la prière, elle liquidait ses messes le plus vite possible, pour réserver plus de son précieux temps aux cartes. C'est ce qui lui faisait préférer l'église des Carmélites, séparée seulement par un petit pont, quoique l'abbesse appartînt à une faction contraire. Mais comme les deux dames étaient d'égale qualité, et n'avaient pas d'altercation qui pût contenir de l'incivilité, elles se faisaient de mutuelles révérences, dont la froideur était excusée par leur attention aux dévotions, quoique la signora Grimaldi ne fût guère attentive au prêtre et que l'abbesse s'employât essentiellement à observer et à critiquer l'inattention de la signora.

Il n'en était pas de même pour Orondates et Azora. Tous les deux accompagnaient leurs maîtresses aux messes et le moment où ils se virent pour la première fois fut décisif dans leurs deux cœurs. Venise cessa d'avoir plus d'une belle aux yeux d'Orondates et Azora n'avait pas remarqué jusque-là qu'il pouvait y avoir de plus beaux êtres au monde que certaines des Carmélites.

La réclusion de l'abbesse et l'aversion entre les deux femmes, qui était du reste très cordiale de la part de la sainte, ôtèrent tous les espoirs aux amants. Azora devint grave, pensive et mélancolique ; Orondates revêche et intraitable. Même son attachement pour sa gentille tutrice se relâcha. Il ne l'accompagnait qu'à contrecœur sauf pendant les heures de prière. Souvent, elle le trouvait sur les marches de l'église avant l'ouverture des portes. La signora Grimaldi n'était pas en mesure de faire des observations. Elle se contentait de se montrer indulgente à l'égard de ses propres passions et restreignait rarement celle des autres ; et bien que de bons offices se présentassent rarement à son imagination, elle était disposée à les exercer quand elle s'y appliquait et parlait toujours avec charité des malchanceux au jeu, s'il ne s'agissait pas d'une malchance trop grave.

Mais il est probable qu'elle n'aurait jamais découvert la passion d'Orondates, si sa suivante, qui était jalouse de ses faveurs, n'y avait fait allusion ; remarquant en même temps, sous une affectation de bienveillance, combien les conditions des amants se correspondaient, et comme sa seigneurie était d'un âge avancé et n'allait pas entretenir une créature qu'elle avait achetée au marché public, il serait charitable de marier le couple d'amoureux et de les installer dans une ferme en pleine campagne.

Heureusement Mme Grimaldi était toujours ouverte à ses bonnes impressions, mais rarement aux mauvaises. Sans apercevoir la malice de sa suivante, elle fut frappée par l'idée de ce mariage. Elle embrassait cette cause et la soutenait toujours quand c'était concrètement en son pouvoir. Elle faisait rarement des difficultés et ne les appréhendait jamais. Sans même consulter Orondates sur la nature de ses inclinations, sans même se souvenir que Mme Capello et elle-même étaient de deux partis opposés, sans même prendre de précautions dans l'éventualité d'un refus, elle écrivit sur-le-champ à l'abbesse pour proposer le mariage entre Orondates et Azora.

Cette dernière était dans la chambre de Mme Capello quand le message arriva. Toute la furie dont l'autorité aime à se consoler pour avoir été trop longtemps contenue, toute l'aigreur d'une bigote, toute l'acrimonie de parti pris et toute la fausse rage qu'adopte la pruderie quand les plaisirs sensuels des autres sont en jeu, s'abattirent sur la pauvre Azora qui ne put deviner qu'elle était l'objet de cette lettre fatale. Elle aurait enduré toutes les calomnies que l'abbesse aurait été heureuse de lancer à la tête de Mme Grimaldi, si son propre caractère et le rang de l'offenseur l'avaient permis. Des menaces impuissantes de vengeance furent répétées avec insistance, et comme personne dans le couvent n'osait la contredire, elle gratifia sa colère et son amour de babillages tautologiques sans fin. Finalement, Azora fut sévèrement enfermée et le pain et l'eau furent ordonnés comme cure contre l'amour. Vingt réponses à Mme Grimaldi furent rédigées et déchirées, comme n'exprimant pas suffisamment le ressentiment qui était plutôt vociféré qu'éloquent ; et son confesseur fut finalement forcé d'en écrire une dans laquelle il insista pour insérer quelques saintes tartuferies, quoique forcé de compenser avec un monceau d'ironie ce qui avait trait à l'ancienneté de la famille et par de nombreuses allusions obscures à de vulgaires histoires que le parti des Gibelins avait amassées sur le compte de Guelfes. La partie la plus lucide de l'épître prononçait une sentence de chasteté éternelle contre Azora, non sans quelques expressions sarcastiques contre la promiscuité des amours d'Orondates qui aurait dû, par respect des bienséances, avoir été depuis longtemps banni de la maison d'une veuve.

Juste au moment où un tel envoi fulminatoire avait été transcrit et signé par la dame abbesse en plein chapitre et avait été consigné au confesseur pour être apporté, la portière du couvent arriva, à bout de souffle, et annonça à la vénérable assemblée qu'Azora, terrifiée par les éclats et les menaces de l'abbesse, avait commencé son travail et avait mis bas avant terme quatre chiots : car il doit être connu de toute la postérité qu'Orondates était un lévrier italien et Azora un épagneul noir.

CONTE SEPTIÈME

Le nid d'oiseau

Guzalme, Reine de Serendip, se reposait dans le Pavillon des Odeurs, sur une couche faite de poudre d'ailes de papillons, quand une voix, de celles que l'on n'entend qu'en rêve, lui dit :

« Regardez ! Regardez ! »

Elle tourna la tête, sans ouvrir les yeux, et vit à quelques pas de sa fenêtre un arbre de bois de rose transparent, qui produisait des grappes de tasses et de soucoupes de porcelaine, exhalant un parfum pareil à l'haleine des houris. Sur la plus haute branche apparaissait un nid d'oiseau composé de brindilles de réséda, de trolls, de dentelle de Bruxelles. Impatiente de voir ce que le nid contenait, la Reine grimpa à l'arbre, sans bouger de sa couche ; or, elle effleura, au pied de l'arbre, un flageolet, qui se mit aussitôt à chanter un air italien qui commençait par les mots :

« *Vita dell'alma mia.* »

La Reine ne se serait jamais lassée d'écouter les notes argentines, mais un gros bourgeon sur un rameau voisin s'épanouissant au même instant, et prenant aussitôt l'apparence d'un miroir en forme de cœur, elle fut ravie de se découvrir mille fois plus belle qu'elle ne l'avait jamais été, encore qu'elle fût, jusque-là, plus belle qu'Azrouz, la maîtresse favorite de Salomon.

Concluant que cette fleur merveilleuse était un présent du ciel, elle pensa que ce serait un péché de cesser de s'y mirer, et elle adopta, par conséquent, la position la plus langoureuse qu'elle pût concevoir, déterminée à la conserver pour le restant de ses jours. Elle n'avait pas plus tôt pris cette résolution, qu'elle entendit un violent claquement de dents et d'étranges sons inarticulés. Baissant les yeux vers le sol, elle découvrit un énorme babouin vermillon, d'au moins dix pieds de haut, qui, car elle avait oublié qu'elle se trouvait sur une très haute branche, et qu'il y avait un sacré vent, semblait contempler passionnément ses jarretières qui, faites d'yeux de tourterelles, créaient une sorte de crépuscule amoureux dans le cercle de ses vêtements environnants. Jamais sa majesté n'avait connu de situation aussi critiquement sentimentale.

Si elle grimpait plus haut, comme elle l'imagina tout d'abord, elle exposerait sa personne davantage encore. Si elle se précipitait vers le bas, le danger était encore plus grand. Que pouvait-elle faire ? Rien sinon ce qu'une femme fait toujours dans un cas critique : c'est-à-dire rien. Elle était certaine de n'avoir eu aucune mauvaise intention – seule la Fortune devait en être blâmée, et pouvait-elle commander à la Fortune ? Décidant de demeurer insensible à quelque événement qui advînt, elle résolut d'oublier la présence du babouin ; mais, comme il est dans le devoir de chaque femme de mettre en œuvre tout ce qui est en son pouvoir afin de convaincre un soupirant qu'il n'a pas lieu d'espérer, et comme on ne peut sortir de son esprit un amoureux importun qu'en songeant à soi-même, elle entreprit de se mirer elle-même avec plus d'obstination encore dans le miroir merveilleux, mais elle avait plus de difficultés encore à trouver une attitude qui satisfît ses goûts. Elle changea si souvent de posture, que le babouin, qui était un admirable mime, ne put s'empêcher de l'imiter ; et chaque oiseau de la forêt riait à gorge déployée jusqu'à ce qu'il se remît à crier.

La Reine allait en concevoir quelque ombrage, mais une montre faite de graines de millet, qu'elle portait au creux de l'oreille, sonna six heures, et, à la place du babouin, la Reine aperçut au pied de l'arbre un vénérable vieillard, vêtu de robes blanches faites de semences de perles qui tombaient jusqu'à ses chevilles, et qui étaient réunies autour de sa taille par une ceinture d'émeraudes en forme de feuilles de figuier, mais le fermoir en était complètement usé, tant il avait été ouvert, car il se baignait dans l'Euphrate sept fois par jour, et il était maintenant âgé de cinq mille neuf cent treize ans.

S'adressant à la Reine, il déclara :

« Éclatante Étoile du Matin, dissipez vos craintes; vous avez devant vous le Patriarche Abraham. »

« Dieu du ciel ! » s'écria la Reine, « et comment donc êtes-vous parvenu jusqu'ici ? »

« Quand je fus transporté hors de ce monde », répliqua-t-il, « par Azuriel, l'ange de la mort, cependant qu'il guidait mon âme jusqu'au ciel, une voix venue de la forêt m'appela : "Oh, méchant vieillard, il ne t'a donc pas suffi de nous abandonner, mon pauvre bébé Ismaël et moi, dans ce désert où nous mourons de faim, mais il faut encore que tu montes au ciel sans moi ?". "Azuriel", continua-t-elle, "j'insiste pour que vous m'emmeniez avec cet infidèle." "Chère Madame", dit l'ange, "la chose est impossible. Une certaine Sarah, ou qui porte un nom approchant, a déjà été amenée ici avant vous, et il n'y aura pas moyen de vivre en paix si vous devez vous rencontrer. Le seul service que je puisse vous rendre est le suivant. Abraham se promènera avec vous, un jour par semaine, dans ce désert pendant douze heures, mais, comme vous ne serez pas ce qui convient le mieux à sa compagnie, puisqu'il sera réduit à son âme, et comme Sarah fera tout un raffut si elle vous voit avec lui sous sa forme humaine, il se métamorphosera dans l'animal qu'il voudra – et il devra s'en tenir à cette métamorphose jusqu'à ce qu'une plus belle femme que vous, à la silhouette la plus élégante, aux yeux les plus noirs, et aux lèvres les plus rouges au monde vienne observer un nid d'oiseau dans cette forêt." J'ai expié cette pénitence pendant plus de cinq mille ans », continua Abraham en s'adressant à la Reine, « sans aucun espoir d'en être délivré, jusqu'à il y a un quart d'heure, quand je vous ai vue dormir dans le Pavillon des Odeurs. C'est moi qui vous ai murmuré de regarder cet arbre, et les faits ont répondu à mon attente. J'ai vu une femme plus belle qu'Agar – non, Madame, ne rougissez pas – et vous verrez l'Oiseau de Salomon – Regardez ! Regardez ! »

La Reine, entendant un piaillement au-dessus de sa tête, leva les yeux et, dans le nid, sur un coussinet de satin blanc incrusté de diamants et de turquoises, elle vit une petite figue pourpre faite d'une améthyste vivante. Elle avait une tête de bouvreuil en rubis et en jais, un bec en topaze, et une queue en plumes de paon, à volants d'arc-en-ciel matériel. Cette chère petite créature, qui était trente fois plus petite que le plus minuscule des oiseaux-mouches, reposait sur deux œufs d'autruche en opale – ce qui n'avait rien d'extraordinaire, car tout ce qui appartenait à Salomon avait le don de modifier sa taille à volonté ; et il était aussi simple pour la douce petite créature de s'étendre sur deux œufs d'autruche, que d'enivrer un million de personnes avec une seule coupe de champagne, ce qui peut être rapidement accompli si vous les plongez seulement dans quelque terre sauvage où ne se trouve pas même une goutte de vin, car toute la difficulté de produire des miracles tient à leur impossibilité : n'importe qui en ferait s'ils étaient possibles.

Sur l'un des œufs étaient inscrits d'étranges caractères, sur l'autre, en alphabet hébreu, étaient écrits les mots Oroknoz Mapol.

« Pour l'amour du ciel », s'écria Guzalme, « dites-moi la signification de ces mots : ils doivent bien avoir quelque admirable vertu. »

« Ce sont les noms d'un grand philosophe », répondit Abraham, « qui est plus sage que Salomon et qui écrit plus d'absurdités. Les caractères que vous ne comprenez pas sont écrits dans la langue d'une île occidentale, et signifient la même chose qu'Oroknoz Mapol, qui, lorsqu'on l'interprète, est le plus pauvre des vrais croyants. Il tombera amoureux de vous et écrira des contes de fées pour votre divertissement – mais donnez-moi votre main et laissez-moi vous aider à descendre. »

« Attendez une minute », dit la Reine, « je vais prendre quelques graines de cette fleur-miroir, je n'en ai jamais vu d'aussi blanche ; je vais en faire pousser dans ma serre, et j'en ornerai toutes mes pièces. »

Ayant prononcé ces paroles, elle tendit une main pour saisir la fleur, mais son pied glissa, elle tomba – et s'éveilla.

POST-SCRIPTUM

Je donne ces contes pour ce qu'ils sont et rien de plus : vétilles fantasques, ils furent écrits essentiellement pour le divertissement privé et pour cet usage seulement une demi-douzaine d'exemplaires fut imprimée. Ils méritent tout au plus d'être considérés comme une tentative d'apporter quelque variété dans la catégorie si éculée et si rebattue des contes et romans qui, quoique œuvres d'invention, sont presque totalement dépourvus d'imagination. On ne l'admettrait guère, s'il n'était pas évident à la lecture de la Bibliothèque des Romans, qui contient les aventures fictives qui ont été écrites à toutes les époques et dans tous les pays, qu'il y a eu si peu de fantaisie, si peu de diversité et si peu d'originalité dans ces écrits où l'imagination n'est entravée par aucune règle ni par aucune nécessité de dire la vérité. Il y a infiniment plus d'invention dans l'histoire, qui n'a aucun mérite si elle manque à la vérité, que dans des romans d'amour ou d'aventures, qui n'y prétendent pas.

POSTFACE

Sérieuses vétilles

La marquise du Deffand, gardienne de la mémoire du Grand Siècle au cœur des Lumières, tomba éperdument amoureuse d'un Anglais original et provocant, de vingt ans son cadet. Elle était, elle-même, au seuil de la vieillesse et n'opposa aucune résistance à cette passion sans autre effet que la douceur de vivre pour un autre et d'échanger des idées. Ces idées étaient contraires. Car Horace Walpole était fantasque, pervers, rêveur. Il rêva tout haut en écrivant des lettres, des essais sur l'art et les jardins, un roman, une pièce de théâtre, des contes.

Faut-il rattacher le nom de Walpole à une seule œuvre, Le château d'Otrante ? *On a vu dans cette fantaisie gothique la naissance de la littérature romantique. Admirateur de Shakespeare qu'il défendit, bec et ongles, dans le procès que lui firent Voltaire et la marquise du Deffand, Horace Walpole tenta, par mille moyens, de prouver aux Français sceptiques et nostalgiques du classicisme de la litote, que le crime et le sang, le lyrisme de l'horreur méritaient le théâtre. Il écrivit lui-même une tragédie shakespearienne,* La mère mystérieuse, *dans laquelle aucun excès ne paraissait suffire : suicide, double inceste, orages, château. Mais à l'ombre de ces fureurs, Walpole libéra son imagination d'une autre manière, dans de petits contes oniriques, absurdes, prophétiques de Lewis Carroll.*

C'est, du reste, pour une petite fille, Caroline Campbell, nièce de la femme de son meilleur ami, le général Henry Seymour Conway, que Horace Walpole écrivit ces Contes hiéroglyphiques. *Pourquoi « hiéroglyphiques » ? Dans l'esprit de Walpole, ce terme équivalait à « non-sens ». Horace Walpole était friand de langues inconnues et indéchiffrables. Il s'était enthousiasmé pour les* quipus, *langage de couleurs des Indiens d'Amérique du sud ; les hiéroglyphes étaient pour lui une variante de la langue contraire à la raison. Dans une brève note du journal qu'il tint durant les dernières années de sa vie, il écrit en effet : « De nombreux peuples barbares ont eu une poésie primitive. Peut-être les Égyptiens en ont-ils eue, quoique l'imagination ne semble pas avoir été leur fort. Qu'aucun écrit, ni en vers ni en prose, ne nous soit parvenu, cela s'explique par leur invention absurde et maladroite et par leur adhésion aux hiéroglyphes. Car une nation qui aime envelopper son savoir de mystères n'était guère disposée à se montrer désireuse d'acquérir renommée et immortalité en préservant et transmettant ses écrits à la postérité*[1]. »

Ces contes hiéroglyphiques, dont certains lui furent inspirés par ceux de Mme d'Aulnoy, d'autres par son séjour en Italie où il fit, en compagnie de Thomas Gray, l'inévitable Grand Tour, d'autres enfin par ses lectures « orientales », c'est-à-dire essentiellement les contes des Mille et une nuits, *étaient, lorsqu'il les imprima lui-même, au nombre de six. Rédigés entre 1766 et 1772, ces six contes furent publiés sur les presses de l'imprimerie de Strawberry Hill en 1785, puis en 1798, un an après la mort de leur auteur. Mais un septième conte,* Le nid d'oiseau, *fut retrouvé à l'état*

1. Horace Walpole's *Miscellany*, 1786-1795, edited, introduced and annotated by Lars E. Troide, Yale University Press.

de manuscrit et édité en 1967 seulement par Warren Hunting Smith aux éditions de la Yale University Press [1].

Il présenta ainsi l'ensemble dans une lettre à son ami Cole : « J'ai quelques étranges choses dans mon tiroir, encore plus sauvages que Le château d'Otrante *et intitulées* Contes Hiéroglyphiques *– mais ils n'ont pas été écrits récemment, ni quand j'avais la goutte, ni, en dépit de leur apparence, quand j'avais perdu l'esprit. Je les ai montrés à une ou deux personnes depuis ma guérison, qui ont pu les mentionner et entraîner un malentendu chez Mr Lort. »*

1. Ce même conte a fait l'objet d'une seconde publication par Kenneth W. Gross aux éditions de The Augustan Reprint Society de l'University of California, William Andrews Clark Memorial Library, en juin 1982, et d'une première traduction française en 1985 par Edouard Roditi aux éditions José Corti. Edouard Roditi m'en a révélé l'existence, en me donnant le moyen d'accéder au texte original. Anna A. Malicka, bibliothécaire de la Yale University, m'a fait parvenir les copies des différentes versions manuscrites, dactylographiées et publiées de ce conte. David S. Rhodes, directeur littéraire de The Augustan Reprint Society, m'a fait parvenir la version complète et publiée des *Hieroglyphic Tales.* Ils m'ont permis de compléter la première traduction que j'ai proposée de ces contes, en décembre 1984, dans la collection dirigée par Jean Louis Schefer et Philippe Blon aux éditions Café-Clima, maintenant disparues.

Et lorsqu'il offrit l'un de ses contes, La pêche au cognac, *à son ami Lord Ossory, pour sa fille Anne, il précéda son envoi de la lettre suivante : « Comme il ne conviendrait pas aux principes de la justice distributive (qui devrait être de règle pour les grands auteurs, aussi bien que pour les magistrats) que Lady Ossory monopolisât tout mon non-sens, je prends la liberté de vous adresser le manuscrit suivant, élaboré à l'usage de votre fille, et bien que j'avoue une légère imitation, calculée, comme le* Télémaque *de Fénelon, afin de participer au projet de son éducation, j'ai eu, en réalité, une autre intention en l'envoyant à votre seigneurie : il y a là un enseignement sensiblement plus abstrus qu'il ne saurait convenir au goût d'une Lady, notamment dans les allusions à l'antique sagesse des Égyptiens et aux doctrines mystiques de Zoroastre ; sans un soupçon de quoi, une jeune Lady moderne ne saurait être absolument accomplie. Si Lady Anne tirait le moindre bénéfice de mes instructions, sous la surveillance de votre seigneurie, je ne désespérerais pas qu'elle ne devînt un jour ou l'autre une fiancée convenable pour le Grand Duc de Russie, dont l'éducation, sous la direction d'une mère aussi sage que la Tsarine, assistée par tous les philosophes de*

France, est reconnue comme la plus complète qui ait jamais été offerte à un héritier de la couronne.

Je suis, de votre seigneurie, le plus fidèle et humble serviteur

Horace TRISMÉGISTE

P.S. Je n'ai pas besoin de vous dire, je pense, mon cher seigneur, de ne point permettre à vos mains de laisser égarer cette niaiserie[1]. »

Bien d'autres écrivains lui seront redevables sans le savoir. C'est sans doute dans Le roi et ses trois filles *que l'humour et le délire de Walpole sont le plus éclatants. Le thème qu'il aborde, l'inexistence, le néant, sera souvent développé dans la science fiction et la littérature fantastique en général, mais ici Walpole lui ôte toute pesanteur, toute gravité, sans négliger pour autant la rêverie métaphysique. Ce thème obsédait l'écrivain qui l'aborda souvent dans ses lettres. En particulier dans une lettre datée du 4 novembre 1795 : « Lord Rochester pensant que la non-entité était un sujet si fructueux qu'il écrivit une ode sur le* Rien *(quoique, d'ordinaire, il choisît*

1. Lettre à Lord Ossory du 4 décembre 1771.

des sujets plus productifs) et je crois qu'il nomma le Rien *frère aîné de* l'Ombre, *ce qui, je le crains, était une généalogie erronée, car bien qu'ils pussent être jumeaux, j'incline à supposer que Maîtresse* Lumière *apparut avant Maîtresse* Ombre, *et que le préadamite* Rien *n'était qu'une fausse conception, et moi qui suis un rigoureux généalogiste, je tenterai de ne déduire aucune progéniture d'une fausse couche ; et bien que je sois en mesure d'offrir un convenable partenaire de cet héritier inapparent, le* Rien, *dans ma propre Princesse royale qui ne naquit jamais, j'attendrai de voir un exemple de tels mariages non consommés qui produisent une descendance. »*

La Chine, à laquelle le XVIIIe *siècle avait accès par les lettres de Jésuites se devait de paraître ici. Dans sa correspondance et dans divers autres textes, Walpole fera resurgir cette terre d'exotisme, ce contre-modèle politique*[1].

On ne sera pas étonné de lire un texte sur l'infiniment petit, thème qui sera si abondamment exploité par les conteurs et parmi eux, le plus poétique, Andersen. Enfin l'Italie, berceau de

1. Il écrivit, entre autres, une « Lettre de Xo-Ho, philosophe chinois à Londres, à son ami Lien-Chi, à Pékin », dans le plus pur style des *Lettres persanes*.

Shakespeare, mais source d'innombrables contes (avec notamment le Novellino *de Masuccio Salernitano qui devait, précisément, inspirer* La mère mystérieuse) *ne pouvait qu'être le théâtre d'une des histoires.*

De nombreux conteurs, sur les traces de Walpole, imagineront une suite aux Mille et Une nuits. *Le titre même* (Une nuit après la mille et unième, *ou la* Mille et deuxième nuit, etc.) *fut souvent repris. C'est moins un pastiche qu'un hommage, tout comme la suite aux* Voyages de Gulliver *que Walpole imagina également et qui se trouve dans une lettre de Walpole à son amie Lady Ossory*[1]. *Horace Walpole n'était pas un écrivain professionnel. Mais, à travers tous ses écrits privés, il s'expliqua souvent sur la fascination qu'il éprouvait à l'égard du rêve et de la fiction.*

« Je suis entièrement d'accord avec vous sur le plaisir que l'on prend à raconter de vieilles histoires, mais je ne puis dire qu'une chose : je rencontre chaque jour de nouvelles circonstances qu'il me sera beaucoup plus agréable de me rappeler. J'estime qu'à notre âge c'est une joie exces-

1. Du 14 décembre 1771.

sive que de penser, alors que nous reparcourons en esprit nos bonheurs passés, qu'il est encore en notre pouvoir d'en connaître d'aussi grands. Le récit des plus hauts faits des autres est ennuyeux par rapport aux sérieuses vétilles que chaque homme se remémore alors qu'il apprenait de telles histoires. Les périodes juvéniles de la vie sont les éclats du diamant de Pitt, sertis dans de petites boucles d'oreilles avec des devises ; la pierre elle-même est plus précieuse et la limaille plus douce et agréable[1]. »

René de CECCATTY

René de Ceccatty, romancier, traducteur et critique, a consacré à Horace Walpole et à son amie la marquise du Deffand *L'Or et la poussière*, Gallimard, 1986. De Walpole, il a également traduit *La mère mystérieuse*, José Corti, 1991.

1. Lettre à George Montagu du 6 mai 1736.

Horace Walpole (1717-1797)

Né le 24 septembre 1717, Horace Walpole était le plus jeune des onze enfants de Robert Walpole, ministre whig. Il mena une vie de dilettante. Il acheta en 1747 à une marchande de jouets de Strawberry Hill, un château qu'il décora conformément à ses rêveries fantasques. Dix ans plus tard, il y installa une imprimerie et commença d'imprimer ses propres œuvres, des essais sur l'histoire de la peinture, de la gravure, des jardins et de la littérature, un roman, une tragédie et des contes. Invité des salons parisiens, il rencontra la marquise du Deffand en laquelle il suscita une passion imprévisible. De leur correspondance érudite, ironique, spirituelle, ne demeurent que les lettres de la Marquise. Essentiellement connu pour son *Château d'Otrante*, que beaucoup considèrent comme l'acte de naissance du romantisme, Horace Walpole imagina pour une petite fille, Caroline Campbell, ces *Contes hiéroglyphiques*. Il mourut le 2 mars 1797.

Table

Dans la même collection

Contes choisis par Muriel Bloch :

La princesse Camion. Mlle de Lubert
Le Chat noir. F.M. Luzel
Conte véridique. E.T.A. Hoffmann
Bregantino Bregantín. L. Cabrera
La chatte cendrillonne. G. Basile
Ceci n'est pas un conte. D. Diderot
Le compagnon de voyage. H.C. Andersen
Contes hiéroglyphiques. H. Walpole
Les héritiers du Majorat. A. Von Arnim

Réalisation Pao : Dominique Guillaumin

Achevé d'imprimer
sur les presses de l'imprimerie Hérissey
en octobre 1995.

Dépôt légal : novembre 1995
N° d'imprimeur : 71103

8144